CONTOS
NEGREIROS

MARCELINO FREIRE

CONTOS NEGREIROS

17ª edição

EDITORA RECORD
RIO DE JANEIRO • SÃO PAULO
2025

CIP-Brasil. Catalogação na fonte
Sindicato Nacional dos Editores de Livros, RJ.

F934c Freire, Marcelino
17ª ed.   Contos negreiros / Marcelino Freire. – 17ª ed.
- Rio de Janeiro: Record, 2025.

ISBN 978-85-01-11974-2

1. Contos brasileiros. I. Título.

20-62993
CDD – 869.3
CDU – 82-34(81)

Copyright © Maecelino Freire, 2005

Capa: Silvana Zandomeni / Marcelino Freire

Todos os direitos reservados. Proibida a reprodução, armazenamento ou transmissão de partes deste livro, através de quaisquer meios, sem prévia autorização por escrito.

Texto revisado segundo o novo Acordo Ortográfico da Língua Portuguesa.

Direitos exclusivos desta edição reservados pela
EDITORA RECORD LTDA.
Rua Argentina, 171 - Rio de Janeiro, RJ - 20921-380 - Tel.: (21) 2585-2000

Impresso no Brasil

ISBN 978-85-01-11974-2

Seja um leitor preferencial Record.
Cadastre-se em www.record.com.br
e receba informações sobre nossos
lançamentos e nossas promoções.

Atendimento e venda direta ao leitor:
sac@record.com.br

Brasil, do meu amor.
Terra de nosso sinhô.

Para Chocottone.

SUMÁRIO

É doce, mas não é mole não
Apresentação: Xico Sá

16 Cantos
I. Trabalhadores do Brasil 17

II. Solar dos príncipes 21

III. Esquece 29

IV. Alemães vão à guerra 35

V. Vaniclélia 39

VI. Linha do tiro 43

VII. Nação Zumbi 49

VIII. Coração 57

IX. Caderno de turismo 65

X. Nossa rainha 71

XI. Totonha 77

XII. Polícia e ladrão 83

XIII. Meus amigos coloridos 89

XIV. Curso superior 95

XV. Meu negro de estimação 99

XVI. Yamami 103

APRESENTAÇÃO

É doce, mas não é mole não

Por Xico Sá

O cabra mal começa, acabou-se. De tanto punch, de tão amargo, de tão doce — prosa-rapadura, contraditória?!

A gente lê voando, priu, num sopro.

É porrada, mas sem ser chato. O cara tem a manha, a música que não deixa esvaziar a pista.

Prosódia corrida que vem lá dos cafundós, lá de nós. Da moral dos banzos que guardam o possível blues da palha da cana. Os gritos que dão em Zumbis e negros que embranquecem, como no escravo do conto "Meu Negro de Estimação". Fábula à Michael Jackson?

Marcelino Freire escreve como quem pisa no massapê, chão de barro negro, como a fala preta amassada entre os dentes, no terreiro da sintaxe, dos diminutivos dobrados nas voltas da língua, como o outro Freyre, o com "y".

É doce, mas num é mole não. É música, de quem assobia e chupa a cana caiana das heranças. De quem masca o bagaço das pestes, das chagas, dando um nó de pulha no falar da casa-grande, a fala supostamente civilizatória... até hoje.

Assim falou Totonha, no seu canto XI: *Morrer já sei. Comer, também. De vez em quando, ir atrás de preá, caruá. Roer osso de tatu. Adivinhar quando a coceira é só uma coceira, não uma doença.*

Aqui não tem o iluminismo besta.

Tem o pau-grande & a senzala embranquecida de desejos. É doce, mas num é mole não.

Tem a assonância, música que se bole entre Luiz Gonzaga e Caymmi, que vai deixando rastro, como num assobio da prosa esquecida e grande do Hermilo Borba Filho.

E o "Solar dos Príncipes", que conto! "Dialética do esclarecimento" para os sugadores estéticos da pobreza parda, branca ou negra. Sorria, sorry, periferia, você está sendo invadido pelas câmeras do cinema-verdade!

Na maciota, o Freire de Sertânia, Pernambuco, e da bagaceira de São Paulo — não o Freyre à sombra das pitangas de Apipucos —, dá belas chibatadas no gosto médio e preconceituoso, com gozo, gala, esporro, com doce perversidade, sempre no afeto que se encerra numa rapadura.

É doce, mas num é mole não.

Esse é o mantra. Do Freire com "i" de Burundi e de Haiti, dos pretos de longe e dos pretos daqui de perto, das pretas, de todas as negas entregues aos tarados acidentais, das índias, das boyzinhas de Cuba e do Pina, da dor mestiça, banzo de todas as freguesias.

**São Paulo, Brasil,
julho de 2005.**

CONTOS NEGREIROS

CANTO PRIMEIRO

TRABALHADORES DO BRASIL

Enquanto Zumbi trabalha cortando cana na zona da mata pernambucana Olorô-Quê vende carne de segunda a segunda ninguém vive aqui com a bunda preta pra cima tá me ouvindo bem?

Enquanto a gente dança no bico da garrafinha Odé trabalha de segurança pega ladrão que não respeita quem ganha o pão que o Tição amassou honestamente enquanto Obatalá faz serviço pra muita gente que não levanta um saco de cimento tá me ouvindo bem?

Enquanto Olorum trabalha como cobrador de ônibus naquele transe infernal de trânsito Ossonhe sonha com um novo amor pra ganhar 1 passe ou 2 na praça turbulenta do Pelô fazer sexo oral anal seja lá com quem for tá me ouvindo bem?

Enquanto Rainha Quelé limpa fossa de banheiro Sambongo bungo na lama e isso parece que dá grana porque o povo se junta e aplaude Sambongo na merda pulando de cima da ponte tá me ouvindo bem?

Hein seu branco safado?

Ninguém aqui é escravo de ninguém.

CANTO II
SOLAR DOS PRÍNCIPES

Quatro negros e uma negra pararam na frente deste prédio.

A primeira mensagem do porteiro foi: "Meu Deus!" A segunda: "O que vocês querem?" ou "Qual o apartamento?" Ou "Por que ainda não consertaram o elevador de serviço?"

"Estamos fazendo um filme", respondemos.

Caroline argumentou: "Um documentário." Sei lá o que é isso, sei lá, não sei. A gente mostra o documento de identidade de cada um e pronto.

"Estamos filmando."

Filmando? Ladrão é assim quando quer sequestrar. Acompanha o dia a dia, costumes, a que horas a vítima sai para trabalhar. O prédio tem gerente de banco, médico, advogado. Menos o síndico. O síndico nunca está.

— De onde vocês são?
— Do Morro do Pavão.

— Viemos gravar um longa-metragem.

— Metra o quê?

Metralhadora, cano longo, granada, os negros armados até as gengivas. Não disse? Vou correr. Nordestino é homem. Porteiro é homem ou não é homem? Caroline dialogou: "A ideia é entrar num apartamento do prédio, de supetão, e filmar, fazer uma entrevista com o morador."

O porteiro: "Entrar num apartamento?"

O porteiro: "Não."

O pensamento: "Tô fodido."

A ideia foi minha, confesso. O pessoal vive subindo o morro para fazer filme. A gente abre as nossas portas, mostra as nossas panelas, merda.

Foi assim: comprei uma câmera de terceira mão, marcamos, ensaiamos uns dias. Imagens exclusivas, colhidas na vida da classe média.

Caroline: "Querido, por favor, meu amor." Caroline mostrou o microfone, de longe. Acenou com o batom, não sei.

Vou bem levar paulada de microfone? O microfone veio emprestado de um pai de santo, que patrocinou.

O porteiro apertou o apartamento 101, 102, 108. Foi mexendo em tudo que é andar. Estou sendo assaltado, pressionado, liguem para o 190, sei lá.

A graça era ninguém ser avisado. Perde-se a espontaneidade do depoimento. O condômino falar como é viver com carros na garagem, saldo, piscina, computador interligado. Dinheiro e sucesso. Festival de Brasília. Festival de Gramado. A gente fazendo exibição no telão da escola, no salão de festas do prédio.

Não.

A gente não só ouve samba. Não só ouve bala. Esse porteiro nem parece preto, deixando a gente preso do lado de fora. O morro tá lá, aberto 24 horas. A gente dá as boas-vindas de peito aberto. Os malandrões entram, tocam no nosso passado. A gente se abre que nem passarinho manso. A gente desabafa que nem papagaio. A gente canta, rebola. A gente oferece a nossa coca-cola.

Não quer deixar a gente estrear a porra do porteiro. É foda. Domingo, hoje é domingo. A gente só quer saber como a família almoça. Se fazem a mesma festa que a nossa. Prato, feijoada, guardanapo. Caralho, não precisa o síndico. Escute só. A gente vai tirar a câmera do saco. A gente mostra que é da paz, que a gente só quer melhorar, assim, o nosso cartaz. Fazer cinema. Cinema. Veja Fernanda Montenegro, quase ganha o Oscar.

— Fernanda Montenegro não, aqui ela não mora.

E avisou: "Vou chamar a polícia."

A gente: "Chamar a polícia?"

Não tem quem goste de polícia. A gente não quer esse tipo de notícia. O esquema foi todo montado num puta dum sacrifício. Nicholson deixou de ir vender churro. Caroline desistiu da boate. Eu deixei esposa, cadela e filho. Um longa não, é só um curta. Alegria de pobre é dura. Filma. O quê? Dei a ordem: filma.

Começamos a filmar tudo. Alguns moradores posando a cara na sacada. O trânsito que transita. A sirene da polícia. Hã? A sirene da polícia. Todo filme tem sirene de polícia. E tiro. Muito tiro.

Em câmera violenta. Porra, Johnattan pulou o portão de ferro fundido. O porteiro trancou-se no vidro. Assustador. Apareceu gente de todo tipo. E a ideia não era essa. Tivemos que improvisar.

Sem problema, tudo bem.

Na edição a gente manda cortar.

CANTO III

ESQUECE

> *Todo camburão tem um pouco
> de navio negreiro.*
>
> MARCELO YUKA

Violência é o carrão parar em cima do pé da gente e fechar a janela de vidro fumê e a gente nem ter a chance de ver a cara do palhaço de gravata para não perder a hora ele olha o tempo perdido no rolex dourado.

Violência é a gente naquele sol e o cara dentro do ar condicionado uma duas três horas quatro esperando uma melhor oportunidade de a gente enfiar o revólver na cara do cara plac.

Violência é ele ficar assustado porque a gente é negro ou porque a gente chega assim nervoso a ponto de bala cuspindo gritando que ele passe a carteira e passe o relógio enquanto as bocas buzinam desesperadas.

Violência são essas buzinadas e essa fumaça e o trânsito parado e o outro carro que não entende que se dependesse da gente o roubo não demoraria essa eternidade atrapalhando o movimento da cidade.

Violência é você pensar que tudo deu certo e nada deu certo porque quando você vê tem um policial ali perto e outro policial ali perto querendo salvar o patrimônio do bacana apontando para a nossa cabeça um 38 e outro 38 à paisana.

Violência é acabarem com a nossa esperança de chegar lá no barraco e beijar as crianças e ligar a televisão e ver aquela mesma discussão ladrão que rouba ladrão a aprovação do mínimo ficou para a próxima semana.

Violência é a gente ficar com a mão levantada cabeça baixa em frente à multidão e depois entrar no camburão roxo de humilhação e pancada e chegar na delegacia e o cara puxar a nossa ficha corrida e dizer que vai acabar outra vez com a nossa vida.

Violência é a gente receber tapa na cara e na bunda quando socam a gente naquela cela imunda cheia de gente e mais gente e mais gente e mais gente pensando como seria bom ter um carrão do ano e aquele relógio rolex mas isso fica para depois uma outra hora.

Esquece.

CANTO IV
ALEMÃES VÃO À GUERRA

Alô, Johann. Johann. Como as negrras do Nepal, tem. Das Ilhas Virrgens também. É só irr. Feito as mocinhas da Guiana. Da prraia do Pina, depois do hotel, é só irr. Prreparra a mala, Johann. Deixa a mala prronta.

É só vestirr o calçoão e a filmadorra. Darr uma piscadela boa. À vista o Redentorr. O marr de Copacabana. Alô, Johann. É só irr, Johann. Alô, Johann. Johann, irr.

Nosso dinheirro salvarria, porr exemplo, as negrrinhas do Haiti. Barratas como as negrras de Burrundi. Trouxe uma parra aqui, lembrra? Faz tempo que eu trouxe uma parra aqui.

Ajudei a prreserrvarr, no meu pescoço os dentes de marrfim. Hoje, ela ganha ensinando ao povarréu de Berrlim. Em Mönchengladbach, dança. Ganha a sorrte no samba.

A gente acaba dando educaçoão a esse povo, Johann. E um pouco de esperrança. E herrança,

Johann, como aquela que o nosso amigo deixou parra as crrianças.

O que serria dela sem mim, Johann, me diz. Eu é que noão quis mais aquela infeliz. Pulei forra, como os pobrres de Cuba. Abandonei o barrco. Nada mais de jet ski.

Você ri, Johann, você ri? É verrdade. Antes que ela me mandasse parra a Cochinchina. Nem sei se tem negrras na Cochinchina. Johann, alô. Alô, Johann. Se tiverr, eu vou.

Sei. Em todo canto tem. Júpiterr, Marrte. No burraco negrro, em toda parrte. Ainda bem. O mundo é dos negrros. Alô, Johann. Tem, sim, e estão nos esperrando.

Vamos? O que não podemos é ficarr neste clima. Orra, é só passarr prrotetorr. Quem manda serr muito brranco? Pensa, Johann. Salvadorr, Salvadorr.

O que não falta nesse mundo, Johann, é amorr.

CANTO V

VANICLÉLIA

U, hum. Agora ter que aguentar esse bebo belzebu. O que é que ele me dá? Bolacha na desmancha. Porradela na canela. Eu era mais feliz antes. Quando o avião estrangeiro chegava e a gente rodava no aeroporto. Na boca quente da praia. Pelo menos, um príncipe me encantava. Naquele feitiço de sonho. De ir conhecer outro lugar, se encher de ouro. Comprar aliança. U, hum.

Casar tinha futuro. Mesmo sabendo de umas que quebravam a cara. O gringo era covarde, levava para ser escrava. Mas valia. Menos pior que essa vida de bosta arrependida. De coisa criada. Qual é a minha esperança com esse marido barrigudo, eu grávida? Que leite ele vai construir?

Se for menina, vou ensinar assim: no porto, no Carnaval. No calçadão de Boa Viagem. Com cuidado para a polícia não ver a sacanagem. E querer participar. Um dia, eu tive que foder com a tropa inteira da delegacia. Mexeram comigo até o dia amanhecer. E ainda ficaram tirando onda: que eu devia respeitar o homem brasileiro. Rarará. Mataram a Vaniclélia, lembra, não lembra, lembra? De tanto que afolozaram ela.

Homem? U-hum. Não vale um tostão pelas bandas daqui. Os caras pelo menos tinham educação, outra finura: levavam a gente para restaurante, deitavam a gente em cama d'água. Sabonete de colônia. A gente era respeitada. Precisava ver como o garçom e o pivete e o gerente e o taxista da frente e o povo todo nos tratava. O que cada um ganhava de gorjeta não era brincadeira. Acabava saindo rendendo pra todo mundo. Uma beleza!

Agora que valor me dá esse belzebu? Quanto vale ele ali, na praça? Pergunta, pergunta. A vida dele é me chamar de piranha e de vagabunda. E tirar sangue de mim. Cadê meus dentes? Nem vê que eu tô esperando uma criança. Agora, disso ninguém tem ciência. Ninguém dá um fim.

Mulher como eu ser tratada assim.

CANTO VI

LINHA DO TIRO

— Não quero.
  — Hã?
  — Já disse que não quero.
  — O quê?
  — Chocolate.
  — Chocolate?
  — Você quer me vender chocolate, não é?
  — Que chocolate, minha senhora?!!
  — Bala-chiclete?
  — Não, porra!
  — O senhor é Hare Krishna, não é?
  — Hã?
  — Da Igreja Amanhecer em Cristo, essas coisas?
  — Não!
  — É cego?
  — Cego?
  — Tá com uma ferida e quer comprar remédio?
  — Chega, caralho!

— O quê?
— Isto é um assalto, não tá vendo?
— Onde?
— Aqui dentro do ônibus.
— E por que você não faz alguma coisa?
— Eu?
— Chama a polícia?
— Essa velha é doida!
— Quem é doida?
— Chapadona! Passa logo a bolsa.
— Não falei?
— O dinheiro, minha senhora.
— Não quero.
— Hã?
— Já disse que não quero.
— O quê?
— Chocolate.
— Chocolate?
— Você quer me vender chocolate, não é?
— Que chocolate, minha senhora?!!
— Bala-chiclete?
— Não, porra!
— O senhor é Hare Krishna, não é?
— Hã?

— Da Igreja Amanhecer em Cristo, essas coisas?

— Não!

— É cego?

— Cego?

— Tá com uma ferida e quer comprar remédio?

— Chega, caralho!

— O quê?

— Isto é um assalto, não tá vendo?

— Onde?

— Aqui dentro do ônibus.

— E por que você não faz alguma coisa?

— Eu?

— Chama a polícia?

— Essa velha é doida!

— Quem é doida?

— Chapadona! Passa logo a bolsa.

— Não falei?

— O dinheiro, minha senhora.

— Não quero.

— Hã?

— Já disse que não quero.

— O quê?

— Chocolate.

— Chocolate?
— Você quer me vender chocolate, não é?
— Que chocolate, minha senhora?!!
— Bala-chiclete?

CANTO VII

NAÇÃO ZUMBI

zumbi. *fantasma que vaga pela noite morta.*

E o rim não é meu? Logo eu que ia ganhar dez mil, ia ganhar. Tinha até marcado uma feijoada pra quando eu voltar, uma feijoada. E roda de samba pra gente rodar. Até clarear, de manhã, pelas bandas de cá. E o rim não é meu, saravá? Quem me deu não foi Aquele-Lá-de-Cima, Meu Deus, Jesus e Oxalá?

O esquema é bacana. Os caras chegam aqui e levam a gente pra Luanda ou Pretória. No maior conforto e na maior glória. Puta oportunidade só uma vez na vida, quando agora? Dar um pulinho na cidade de Nampula? Quem sabe, tirar fotografia? Abraçar outro negrão igual a mim, conversar noutra língua mesmo sem saber conversar?

Assim: lorotar, contar piada. Dançar no fogo, sei não. Em cima de brasa, dentro de caldeirão. Sumir na mata fechada. Espinho de flecha, pedra de amolar. Disseram que na África tem muita macacada. Tem muito leão e zebra. Hipopótamo-pigmeu, quem já ouviu falar? Nem eu.

Dizem que é bonito o hospital de lá. Bom de se internar. De se recuperar. Livre comércio de rim, sim. Isso mesmo, o que é que há? Meu sonho não foi sempre o de voar, feito um Orixá? Pôr meus pés em cabine de avião? Diz aí, meu irmão, minha asa quem mandou cortar? Quando irei sorrir quando a nuvem me pegar? Ver o chão lá de cima? Recife comendo as beiradas de Olinda. De longe, as pedras de Itamaracá.

Que merda!

Por que não cuidam eles deles, ora essa? O rim é meu ou não é? Até um pé eu venderia e de muleta eu viveria. Na minha. Um olho enxerga pelos dois ou não enxerga? Se é pra livrar minha barriga da miséria até cego eu ficaria. Depois eu ia ali na ponte, ao meio-dia, ganhar mais dinheiro. Diria que foi um acidente, que esses buracos apareceram de repente, em cima do meu nariz. Quem quer ver a agonia de um doente, assim, infeliz, hein, companheiro?

Fácil é denunciar, cagar regra e caguetar. O que é que tem? O rim não é meu, bando de filho da puta? Cuidar da minha saúde ninguém cuida. Se não fosse eu mesmo me alimentar. Arranjar batata e caruá, pirão de caranguejo. Não tenho medo de cara feia, não tenho medo.

Por que vocês não se preocupam com os meninos aí, soltos na rua? Tanta criança morta e inteirinha, desperdiçada em tudo que é esquina. Tanta córnea e tanta espinha. Por que não se aproveita nada no Brasil, ora bosta? Viu? Aqui se mata mais que na Etiópia, à míngua. Meu rim ia salvar uma vida, não ia salvar? Diz, não ia salvar? Perdi dez mil, e agora?

A polícia em minha porta, vindo pra cima de mim. Puta que pariu, que sufoco! De inveja, sei que vão encher meu pobre rim de soco.

CANTO VIII
CORAÇÃO

Bicha devia nascer sem coração. É, devia nascer. Oca. É, feito uma porta. Ai, ai. Não sei se quero chá ou café. Não sei. Meus nervos à flor de algodão. Acendo um cigarro e vou assistir televisão. Televisão. O especial de Roberto Carlos todo ano. Ai, que amolação! Esse coração de merda. Bicha devia nascer vazia. Dentro do peito, um peru da Sadia. É, devia.

Célio conheceu Beto na estação de trem, em setembro. Moreno bonito. Célio acariciou o membro de Beto no aperto vespertino, no balanço ferroviário. Beto gozou na mão do viado. Encabulado, mascou seu chiclete, desceu e nem olhou para trás, para Célio. Célio feliz por um certo tempo. A gosma entre os dedos. A porra a gente esconde no ferro, debaixo do banco.

Depois encontrei com ele de novo. Oi, oi. Perguntou se eu tinha um cigarro, se morava na XV de Novembro. Se eu trabalhava, de que trabalhava, essas coisas. Se ele podia me acompanhar até em casa. E você? Deixei, deixei. Eu não tenho medo. Se for um ladrão, não tem o que levar. E ele parecia, sei lá, um menino bom. Bafão, mona. Abra a janela que eu estou ficando tonta.

Era feriado de 7 de Setembro. O povo descendo cariado, passando catracas, barracas. Célio se sentindo...

A dona do puto.

...na companhia de Beto, que vestia camiseta branca, calça bege, meio jegue, de peito cabeludo.

— Chegamos.

Havia caçarolas cinzas no fogão, pratos, ossos e esponja. No quartinho, colchas coloridas.

Conquista de território.

Aí o bofe tomou um ki-suco de morango, comeu um omelete, conversou pouco e nada. Não rolou nada aquele dia, acredita? Ele travou, não sei. Não-me-toque, eu não toquei. E assim a gente ficou. Ele saiu chupando um chiclete de uva-maçã-verde. Eu amarelei.

Depois disso, quem disse que Célio se concentrou nos seus desenhos? Fazia moda verão, inverno, jaquetas e turbantes. E pensava na boca de Beto, no desodorante. No dia em que ele gozasse no seu travesseiro de cetim. Ai, ai de mim. Procurou o moreno em todos os vagões. Não esqueceu nenhum.

A pior coisa, amiga, é uma trepada quando fica engasgada. Vira uma lembrança agoniada. Uh!

Encontrou Beto uma semana depois. Na mesma hora em que estava masturbando outro, desiludido e oco. Um loiro que nem chegava aos pés do moreno misterioso. Epa! Correu e disse alguma coisa: algo como "Omelete recheado". Vamos de novo?

Foram e chegaram.

No quartinho, colchas coloridas. Conquista de território, nunca se sabe. O mundo é cheio de voltas desconfortáveis. Mas de hoje não passa.

Aí o bofe tomou ki-suco e comeu omelete. Tinha bolo Souza Leão. Foi quando ele perguntou se podia dormir comigo aquela noite. Claro que sim, se não! O rádio-relógio tocando Maria Bethânia, as canções que você fez para mim. Eu não tive dúvida. Fui tirando a roupa do bofe. Uau! Menina! Bicha devia nascer sem coração, tô te falando.

Quando acordou, depois de tanto prazer, cadê aquele amor? O menino saiu, na madrugada. Evaporou-se. Como? Célio viu se tudo na casa estava em ordem. As caçarolas intactas, os ossos continuavam à mostra. Ora, que menino mais capeta! Só sobrou o chiclete, acredita?

Ai, ai. Mesmo assim, cheio de formiga.

Cheguei atrasado na confecção, na terça. Não quis almoço, não fiz marmita. Lá fui eu de novo atrás do bofe. Como uma anta perdida. Não tem coisa pior do que o abandono. Depois de uma trepada daquela, tudo parecia ser eterno. Aí é que a gente se engana.

Nada, mona.

No lugar do coração, bicha devia ter uma bomba. A minha vontade era ter uma granada, para estourar no trem. Para fazer uma desgraça, juro. Só assim, Deus vai olhar para mim. Vai me trazer de volta aquele anjo. Sim, porque era um anjo. Não me roubou. Não me bateu. Sabe o que ele me falou? Que queria ser corredor de Fórmula-I. Vai ver foi isso. Zummmmm.

Até hoje, nem sombra. Célio não quis saber de outro cara. Mesmo que alguns só faltassem esfregar o pau na sua...

Você me respeite.

Tem um, lá no Brás, que vive convidando o Célio para ir ao parque. Para comer tapioca com creme de leite. Naquele Natal, até ganhou do cara um peru da Sadia, um vinho...

Não aguentei ficar em casa, sozinho, e vim tomar um café com você. Essa bosta de tristeza que bate no coração da gente, de repente. Que desmantelo! Bem que Roberto Carlos podia cortar esse cabelo. E eu, nascer sem coração, repetiu. É, sem coração.

Para não ter que ouvir essa canção.

CANTO IX

CADERNO DE TURISMO

Zé, essa é boa. O que danado a gente vai fazer em Lisboa? Bariloche e Shangri-lá? Traslados para lá. Para cá. Travessia de barco pelos Lagos Andinos? Nunca tinha ouvido falar em Viña del Mar. Valparaíso. A gente não devia sair do lugar.

Quem já viu se aventurar na Ilha do Cipó? Ilha do Marajó? Itacaré? Fugir de dentada de jacaré? O que você quer, homem? Sem dinheiro, chegar aonde? Não tem sentido. Oklahoma, nos Estados Unidos. É delírio. Peregrinar até as múmias do Egito.

Que história é essa de cruzeiro marítimo? Caribe, Terra dos Vikings? Mediterrâneo? Enfrentar o Oceano Atlântico? Canadá, Canaã? Deserto de Atacama? Que besteira! Ir para Bali, Beijing, Xian, Xangai, Hong Kong.

Zé, olhe bem defronte: que horizonte você vê, que horizonte? Pensa que é fácil colocar nossos pés em Orlando? Los Angeles? Valle Nevado? Que língua você vai falar no Cairo? Em Leningrado? Nem sei se existe mais Leningrado.

Zé, esquece.

Nada de Andaluzia. Taiti. A gente fica é aqui. Que Sevilha? Roteiro Europa Maravilha. Safári na África pra quê? Passar mais fome? Leste Europeu, Escandinávia, PQP.

Presta atenção: a gente nem conhece o Brasil direito. Bonito, Chapada Diamantina. Dos Veadeiros. A gente não conhece a América Latina. Guiana e Guiana Francesa. Não existe beleza. Não existe Rota do Sol, Rota das Estrelas. Perca, atrase a viagem, Zé.

Não parta.

Você não vai para a Ilha de Malta, não vai. Eu não deixo. A vida da gente é aqui mesmo. Sempre foi aqui mesmo. Não nascemos no Berço da Civilização, Istambul e Capadócia.

Zé, o que deu na tua cabeça, ora joça? Estamos longe de Miami, homem. Acapulco e Suriname. Nosso destino é um só. A gente não tem dólar. A gente não tem cartão. Deixa de imaginação. Você não tem medo de avião? Tanta asa que cai pelo chão.

Atentado, bomba em Bengasi, doença em Botsuana.
Zé, estou sendo franca: olha bem para nossa cara.
Por que partir para a Dinamarca? Caracas? Cancún, Congo?

    Cachorro a gente enterra em qualquer canto.
    Enterra aí no quintal, Zé. E pronto.

CANTO X
NOSSA RAINHA

Mãe, eu quero ser Xuxa. Mas minha filha. Eu quero ser Xuxa. A menina não tem nem nove anos, fica tagarelando com as bonecas. Com as pedras do Morro. Eu quero ser Xuxa. Mas minha filha.

A mãe ia fazer um book, como? Viu no jornal quanto custa. Perguntou ao patrão, no Leblon. Um absurdo! Ia bater na porta da Rede Globo? Nunca.

A menina parecia uma lombriga. Porque nasceu desmilinguida. Mas vivia dizendo, a quem fosse: eu quero ser Xuxa. Que coisa! Que doença! Ainda era muito pequena. Eu quero ser Xuxa.

Quem não pode se acode.

A mãe já vivia da ajuda do povo. Mas tinha de levar a menina ao cinema. Toda vez que aparecia um filme novo. O que Xuxa está pensando? O que Padre Marcelo está pensando? Que tanto disco à venda, que tanto boneco, que tanta prece! Tenha santa paciência.

O Padre Marcelo a mãe trocou por um pai de santo. Esse, pelo menos, só me pede umas velas. De quando em quando, uma galinha preta. Que eu aproveito e levo daqui, quando tem réveillon. Despacho de rico só tem o que é bom. Mas a menina não tem jeito. É uma paixão que não tem descanso.

Eu quero ser Xuxa. Eu quero ser Xuxa. Eu quero ser Xuxa. Um dia eu esfolo essa condenada. Deus me perdoe. Essa danada da Xuxa. Dou uma surra nela para ela tomar jeito. Fazer isso com filha de pobre. Que horror!

A mãe mal chegou do trabalho a menina já falou. Que a Xuxa vem esse final de semana. O que ela vem fazer no morro?, a mãe perguntou. Se a Xuxa que eu conheço aqui é só você, querida. Alisou a cabeça da maldita, deu um abraço cego e mandou dormir. Maldita, sim. Quem disse que a danada foi pra cama? Puta que pariu!

A mãe tinha de faltar ao trabalho de novo. Tinha medo que a filha tivesse um troço. Se jogasse debaixo do carro, sei lá. Fosse pisoteada, que remorso! Eu não. Mãe que é mãe acompanha a filha no dia mais feliz da sua vida.

Pendurou a menina nas costas e enfrentou o calor. E o empurra-empurrão. E também gritou para ver se a Xuxa ouvia: Xuxa, Xuxa, Xuxa. Pelo amor de Deus! Faz essa menina calar a boca. Diz pra ela pensar em outra coisa, sonhar com os pés no chão.

Quando ela vai ser, assim como você, um dia? A Rainha dos Baixinhos nossa Rainha da Bateria, sei não, sei lá.

O morro nessa euforia, todo mundo doido para vê-la sambar.

CANTO XI

TOTONHA

Capim sabe ler? Escrever? Já viu cachorro letrado, científico? Já viu juízo de valor? Em quê? Não quero aprender, dispenso.

Deixa pra gente que é moço. Gente que tem ainda vontade de doutorar. De falar bonito. De salvar vida de pobre. O pobre só precisa ser pobre. E mais nada precisa. Deixa eu, aqui no meu canto. Na boca do fogão é que fico. Tô bem. Já viu fogo ir atrás de sílaba?

O governo me dê o dinheiro da feira. O dente o presidente. E o vale-doce e o vale-linguiça. Quero ser bem ignorante. Aprender com o vento, tá me entendendo? Demente como um mosquito. Na bosta ali, da cabrita. Que ninguém respeita mais a bosta do que eu. A química.

Tem coisa mais bonita? A geografia do rio mesmo seco, mesmo esculhambado? O risco da poeira? O pó da água? Hein? O que eu vou fazer com essa cartilha? Número?

Só para o prefeito dizer que valeu a pena o esforço? Tem esforço mais esforço que o meu esforço? Todo dia, há tanto tempo, nesse esquecimento. Acordando com o sol. Tem melhor bê-á-bá? Assoletrar se a chuva vem? Se não vem?

Morrer já sei. Comer, também. De vez em quando, ir atrás de preá, caruá. Roer osso de tatu. Adivinhar quando a coceira é só uma coceira, não uma doença. Tenha santa paciência!

Será que eu preciso mesmo garranchear meu nome? Desenhar só para a mocinha aí ficar contente? Dona professora, que valia tem meu nome numa folha de papel, me diga honestamente. Coisa mais sem vida é um nome assim, sem gente. Quem está atrás do nome não conta?

No papel, sou menos ninguém do que aqui, no Vale do Jequitinhonha. Pelo menos aqui todo mundo me conhece. Grita, apelida. Vem me chamar de Totonha. Quase não mudo de roupa, quase não mudo de lugar. Sou sempre a mesma pessoa. Que voa.

Para mim, a melhor sabedoria é olhar na cara da pessoa. No focinho de quem for. Não tenho medo de linguagem superior. Deus que me ensinou.

Só quero que me deixem sozinha. Eu e a minha língua, sim, que só passarinho entende, entende?

Não preciso ler, moça. A mocinha que aprenda. O prefeito que aprenda. O doutor. O presidente é que precisa saber ler o que assinou. Eu é que não vou baixar a minha cabeça para escrever.

Ah, não vou.

CANTO XII
POLÍCIA E LADRÃO

Parece criança, Nando. Esquece essa arma, vamos conversar. Antes do pessoal chegar. O pessoal já vem. Eu aviso para a sua mãe que tudo acabou bem.

Esse tiro na perna não foi nada. Não adianta ser teimoso, cara. Lembra? Quando a gente montava em cavalo de vassoura. Voava do telhado. Entrava dentro do quadrado da escada. Ali, a gente guiava o nosso carro. Dentro da escada, entre os degraus da escada, lembra?

Por favor, deixa essa arma largada, vamos conversar. Me ajuda a lembrar: o dia que a gente foi roubar a dona da padaria. Era muito chata a dona da padaria, por isso a gente foi lá.

Era noitinha. Você sabia como entrar na padaria porque o seu tio trabalhava de confeiteiro, lembra? Os bolos que ele fazia e que a gente comia? Até que desconfiaram que ele tava fazendo bolo para bandido. Esconder 38 na rosquinha de coco.

Seu tio quase foi preso, coitado. Que molecagem, lembra? Que assalto!

A gente conseguiu entrar pela garagem, me parece. A gente chupou picolé, comeu bolachas Maria. A gente tomou guaraná e mascou chiclete. A gente nem queria sair mais de lá. A gente pegou moeda. Tudo porque a gente não gostava da dona da padaria. Ela sempre dizia que a gente roubava alguma coisa: um pirulito. Bala na maior cara dura.

A gente não tinha ainda essa cara dura que ela dizia, não tinha. Por isso que você teve a ideia da gente virar ladrão de verdade. E ir à padaria, no outro dia, só para olhar o desespero da broaca. Lembra? Serviço de gente grande, ela nem desconfiaria. A gente entrou de máscara. Feita de jornal. E a gente levou um apito junto. Para que era mesmo o apito, Nando?

Fala, Nando. Escuta: a gente é amigo desde muito tempo e não pode ficar aqui, brigando. Você é teimoso demais, Nando. Sempre foi. Lembra?

Quando pulava na lama só para fugir da escola. O seu negócio era jogar bola. Eu nunca fui bom de bola. Gostava era de te ver jogando e driblando. Eu torcia por você, Nando, sempre torci. Todo mundo tinha medo de você em campo. Não sei. As coisas se complicaram depois que seu pai morreu. Depois que incendiaram o barracão. Bateram na sua mãe. Corri lá para ver se você escapou do fogo.

Ali, sim, você ganhou uma cara dura, de demônio. Saindo do fogo e chorando. Chorando muito. Alguma coisa fumaçando no peito, sei lá. Eu entendo.

Eu só não entendo a gente perdendo tempo com essa intriga. Daqui a pouco o pessoal chega, Nando. Porra, há quanto tempo! Não era bem assim que eu queria te encontrar. Os dois aqui, deitados, como naquele dia. Logo depois do roubo da padaria. A gente ficou em cima da laje, de barriga cheia, imaginando como seria a vida em outros planetas. Lembra? Se existiam favelas em outros planetas. Se era legal morar na Lua.

Porra, Nando, não complica. Parece criança. Já falei para você esquecer, não adianta se arrastar na grama. Já perdemos muito sangue, Nando. Para que apontar essa arma para a minha cabeça, amigo? Não aponta.

CANTO XIII

MEUS AMIGOS COLORIDOS

Primeiro foi o Cadu. Não lembro. Kiko, o meu primo. Não lembro. Tudo no banho de ribeirão. A gente ia mergulhar no açude. Lodo de caramujo.

O Cadu foi o segundo, perto do campo. O segundo. A gente jogou bola. A molecada era só gritar que eu deixava o atacante passar. Minha lembrança de futebol é zero.

Depois veio o Beto. Beto com onze anos. A gente ia jogar bafo. Essa figurinha é minha. E o vento assanhando as figurinhas. Passar a língua na palma da mão.

O irmão de Beto também queria. O primo do Beto. Tem que completar o álbum para ganhar uma bicicleta. A gente se juntava e pulava o muro do cemitério. O cemitério quente. E as caveiras contentes. A gente chutava osso. A alma não doía.

Aí depois eu conheci o Humberto. Humberto me levava para ver vídeo. E a gente discutia fotografia. E jazz. Humberto tocava saxofone. A gente desligava o telefone. E ficava aquela melodia. Humberto fumava maconha.

Depois apareceu o João Gilberto. A gente foi junto ver o filme: *Não Lembro*. Só sei que foi uma merda.

Conheci também o dr. Salém. Nunca tive um amigo assim, bem mais velho. Aconteceu. Quando vi, viajamos para a Nova Guiné. E Kawasaki. Não sabia que havia uma floresta fálica em Kawasaki.

Depois apareceu o Hermes. Ele trabalhava onde eu trabalhava. E a gente saía para tomar um chope. E comer batata. O que me incomodava nele era o cheiro de cigarro. No cabelo encaracolado.

Hermes morava na Pompeia. Não podia ficar tarde. Eu tinha de pegar o metrô. Foi numa noite dessas que um assobio me convidou para descer na Liberdade. Segui o assobio.

Lembrei de novo da floresta fálica. E do dr. Salém. Fiquei sabendo que o dr. Salém não está lá muito bem. Pegou uma uretrite.

Faz frio, mas tudo bem.

Eu enrolo o cachecol e meto as mãos no casaco. Passeio no centro. Marcelo eu conheci no centro.

Marcelo faz design. Eu também gosto de garrafas. De rótulos. Latas. E de cadeiras italianas.

Marcelo foi uma amizade mais longa. A gente chegou a dividir apartamento. Ele leva as garotas dele. E eu não levo ninguém. Saí fora. Segui o conselho da minha mãe e fui procurar um lugar só para mim. No Brooklin.

Decorei a sala com umas plantas. E um quadro verde. Acabei de conhecer um arquiteto muito bom, antes de ontem. Rogério é o seu nome. Ele me deu uns conselhos a respeito de escadarias. De banheiros de cinema. Azulejos azuis. E amarelos. É dele o projeto da Praça do Choro. Da Passarela do Samba. Um dia fomos lá, à Passarela do Samba.

Enquanto o arquiteto sumiu na bateria, fiquei pensando. Tenho certeza que agora, finalmente, conheci o amor da minha vida. Meu primeiro amor, depois de tantos anos.

Falo daquele negronegronegronegro ali, rebolando.

CANTO XIV

CURSO SUPERIOR

O meu medo é entrar na faculdade e tirar zero eu que nunca fui bom de matemática fraco no inglês eu que nunca gostei de química geografia e português o que é que eu faço agora hein mãe não sei.

O meu medo é o preconceito e o professor ficar me perguntando o tempo inteiro por que eu não passei por que eu não passei por que eu não passei por que fiquei olhando aquela loira gostosa o que é que eu faço se ela me der bola hein mãe não sei.

O meu medo é a loira gostosa ficar grávida e eu não sei como a senhora vai receber a loira gostosa lá em casa se a senhora disse um dia que eu devia olhar bem para a minha cara antes de chegar aqui com uma namorada hein mãe não sei.

O meu medo também é do pai da loira gostosa e da mãe da loira gostosa e do irmão da loira gostosa no dia em que a loira gostosa me apresentar para a família como o homem da sua vida será que é verdade será que isso é felicidade hein mãe não sei.

O meu medo é a situação piorar e eu não conseguir arranjar emprego nem de faxineiro nem de porteiro nem de ajudante de pedreiro e o pessoal dizer que o governo já fez o que pôde já pôde o que fez já deu a sua cota de participação hein mãe não sei.

O meu medo é que mesmo com diploma debaixo do braço andando por aí desiludido e desempregado o policial me olhe de cara feia e eu acabe fazendo uma burrice sei lá uma besteira será que vou ter direito a uma cela especial hein mãe não sei.

CANTO XV
MEU NEGRO DE ESTIMAÇÃO

Meu homem agora é um homem melhor. Mora nos jardins, veste e calça. Causa inveja por onde passa. Meu homem não tem para ninguém, só para mim. Meu homem se chama Benjamim.

Meu homem não trabalha. Não precisa mais se sujar de borracha. Meu homem não fede a graxa. Meu homem agora dirige. Quando não pode, tem quem faça.

Meu homem leva sol na piscina. Meu homem viaja. Meu homem é uma bela companhia. Se não entende de poesia, não fala. Quando o assunto é política, sai da sala.

Meu homem conhece o mundo inteiro. Meu homem mudou de ares, trocou de cheiro. Entende de comida. Sabe escolher o vinho à mesa. Dança que é uma beleza. Meu homem valsa.

Meu homem é uma outra pessoa. Não quer mais saber de samba. Nem de futebol. Não gosta de feijoada. Meu homem não quer voltar para casa. Foge de lá porque tem medo de levar bala à toa.

Meu homem é a coisa mais bonita. Os dentes perfeitos, o peito. Meu homem leva jeito para ser modelo. Mas eu não deixo. Coloco, assim, um cabresto. Para ele não me deixar tão cedo.

Meu homem me obedece e me respeita. Por incrível que pareça, mesmo quando me põe de quatro, me machuca, me prende à vara da cama. Quando me chicoteia.

Meu homem diz que eu serei seu escravo a vida inteira.

CANTO XVI

YAMAMI

E os índios?

O que têm os índios?

O que você achou dos índios do Brasil?

Fodam-se os índios do Brasil. Toquem fogo na floresta. Vão à merda.

Que turista é você? E a febre amarela?

Só lembro de Yamami.

Yamami.

Sempre gostei de crianças. Aqui é proibido. Yamami, meu tesouro perdido. Passei por uma cidade chamada Cuiabá, depois Corumbá. Parintins, Parintintins, sei lá. Viajei no barco Barão do Amazonas.

Há peixes gigantes?

Não, pequenos.

Como pequenos?

Minhocas sul-americanas, não enche o saco.

Puta que pariu. O barco na corrente. Manaus é a capital, chegamos. O mercado à boca do rio é um rio de frutas. As maçãs macias. Belíssimas melancias.

Não, não trouxe fotografias.

Como não?

Não tive tempo.

Como não?

Fotografar aquela merda é um desperdício.

Merda?

Fiquei em um hotel em cima do Rio Negro. Vento calorento. Meu sonho era esse, sair da frieza deste meu lugar. Ir ao extremo.

Você chega, estanca seu olhar em volta, seu olhar em cada buraco, estopa, saco. E vê no mercado. Um extenso mercado no centro da cidade. A puta que você vê tem onze anos. Ou menos. Parece. Não cresce. Vive seminua, sujinha e deliciosa, esperando a lotação da balsa. Há tucanos para vender. E corpos.

Vivi Yamami lá.

Indiazinha típica de uns 13 anos. As unhas pintadas, descalçadas. Tintas extintas na cara. Coisinha de árvore. A pele vermelha e ardente. Virei um canibal, de repente. Não é tão deliciosa a carne de tamanduá-bandeira.

E a madeira?

O quê?

Dizem que há muita madeira e borracha.

Besteira. Eles não têm nada.

Segui o rastro que desce pelo mercado. O mercado é intransitável. Os gritos irritam. Tudo bem. Falam demais os nativos, são simpáticos. Yamami não saiu do meu juízo. Há outras putinhas no entulho. Você quer ir para Santarém, tem. Se não quer ir, tem. Os barcos a motor. Muita gente já se foi nesse vaivém. Não voltaram mais. Há navegações que afundam com mais de cem.

Pisquei para Yamami e saímos. Fiz sinal de fumaça, acendi um cigarro. Yamami, venha comigo. Sou um branco pálido e telepático. Estou de férias, caralho, longe do meu país, infeliz. Yamami, minha meretriz, o meu turismo.

Outras meninas gaiolando os gringos. Também brasileiros vêm e se enroscam na rede. Há cheiro fodido de peixe, morte de passarinhos.

Mora na minha memória aquele umbigo. A mão fininha de Yamami vai e vindo. O vento do rio no mato. Trabalhar o ano inteiro fechado nesse laboratório, isso é vida? Ficar fazendo teste de urina, para quê? Quero ir embora deste meu destino. Não quero morrer no primeiro mundo. Quero morrer no horizonte. Estonteante. Nos esconderijos de Yamami. Minha liberdade sensível. O cheiro caçador de Yamami, os seus peitinhos. Pequenininhos. Seus olhos flechando os meus testículos. O mercado verde está longe e feliz.

Minha alegria primitiva, Yamami. O meu sorriso.

E os crocodilos?

Morram os crocodilos.

Lá posso colocar Yamami no colo e ninguém me enche o saco. E ninguém fica me policiando. Governo me recriminando.

Dizem que lá tem muita criança na rua.

Nua.

É comum, por todo canto. Dizem que tem menina abandonada em Rondônia, Roraima. No Ceará, em Pernambuco. Vendidas no coração de Rio Branco.

Yamami pulando, chupando caroço de manga, me lambuzando. Yamami escorregando pelos galhos, nos cipoais do pântano.

Virei amante de Yamami, ao ar livre. Dei dinheiro para Yamami, joias, espelhos, colares. Fiz Yamami vestir calcinhas coloridas. Minha menina.

Você não gostou do Brasil?

Yamami veio me deixar no escadós do barco. Ela e algumas amiguinhas. Yamami, Cauã, Jacira, Luanda. Coisa bonita o choro de Yamami. O vento acenando as suas penas. De pavão, na despedida. Penas de arara. O mercado cheirando a merda. A bacia do rio indo embora e me levando.

Não gostei do Brasil, caralho.

Yamami não tem nada a ver com o Brasil. O Brasil é São Paulo, uma cidade longe, parecida com esse continente de gelo, Yamami.

O meu corpo vazio.

É o fim.

E se hoje ele é branco na poesia,
ele é negro demais no coração.

Este livro também vai para
Castro Alves, Cruz e Sousa, Férrez,
Lima Barreto e Jorge de Lima.

E ainda para
Plinio Martins e João Alexandre Barbosa.

Marcelino Freire nasceu
na cidade de Sertânia,
interior de Pernambuco,
em 20 de março de 1967.
Vive em São Paulo, vindo
do Recife, desde 1991.
É um dos principais nomes da nova
geração de escritores brasileiros.
Autor, entre outros, dos livros de contos
Angu de Sangue (2000) e *BaléRalé* (2003),
ambos lançados pela Ateliê Editorial.
Também idealizou e organizou, em 2004,
a antologia *Os Cem Menores Contos
Brasileiros do Século*.
Mais informações sobre o autor e obra,
acesse: www.eraodito.blogspot.com
ou escreva para:
marcelinofreire@uol.com.br

O conto "Solar dos Príncipes" foi antes publicado na antologia *Ficções Fraternas*, organizada por Livia Garcia-Roza para a Editora Record (2003).

O "Caderno de Turismo" e o "Meus Amigos Coloridos" (esse com o título "Viver") foram publicados na antologia *Os Transgressores*, organizada por Nelson de Oliveira para a Boitempo Editorial (2003).

O conto "Yamami" faz parte da antologia *Putas*, organizada por Valter Hugo Mãe para a Editora Quasi, de Portugal (2002).

A epígrafe deste livro (aqui, em grafia diferente) é de autoria de Ary Barroso. A epígrafe final, à página 113, é de autoria de Vinicius de Moraes.

AGRADECIMENTOS:

Adrienne Myrtes, Ivana Arruda Leite,
Luciana Villas-Boas, Marcelo Carneiro da Cunha,
Plinio Martins, Silvana Zandomeni, Xico Sá
e aos amigos da Africa Propaganda.

Marcelino Freire é filho de Xangô.

São Paulo, Brasil, julho de 2005.

Este livro foi composto na tipografia
ITC Officina Sans Book, em corpo 11,5/17, e impresso
em papel off-white no Sistema Digital Instant Duplex
da Divisão Gráfica da Distribuidora Record.